U0938378

詩集

時間跨不過洞見

潘國靈

目錄

輯一

樂曲的最後一粒音符

輯二

一個人就是一座伊甸園

輯三

獨自邁向生命的盡頭

序：詩告白

我會構思一部小說，但我從不懂得構思一部詩集。

詩於我，一直是生命涓涓之流中，不平靜時捲起的一道道漩渦（以至我說過微微的不安是所需要的，但與其說是需要，不如說是本性），以至生命在某些時候遭遇的暴風雨。

但雨自襲來，我名字中「靈」字雖有三「口」求雨，但刻意求的就不會是詩（但「巫」性我多少是相信的）。是以我說過，詩可以敲你的腦袋，你不能叩詩的門。長久地坐在書桌上寫小說的日子很多，但詩於我幾乎都是剎那的閃現，它要來便來，來了的時候我感應到。

但以上只是我個人寫詩的狀態（甚至不能說是「方法」），我信文學即使同一文類也五花八門，千嬌百媚，我偶讀詩人們的詩論而有所悟，但害怕詩人將一己詩論當成唯一絕對。

是以詩於我都是歲月的沉積，上一本詩集《無有紀年》，收入一九九四年至二〇一三年的詩，這本接續，收入二〇一三年至二〇二五年的詩，前後三十一年，真是「開筆的時候我尚且年輕，擱筆的時候我已經老了」（但詩魂又言何年紀）。說是詩自流，其中不少關於情感傷逝，也有寫及軼事、人物、城市、身體、疾病等等，但多不是先有主題，而往往就是有所感時就寫了它們。詩偶有發表，但常常寫了放著便覺完成，詩很少應題而寫，在詩集中，唯一一首應「畫」而寫的是〈竹林，別鳥〉，陶然先生傳來一幅畫作邀寫雜誌封底詩。另外詩集中收入了一首散文詩〈身體成了寫作的終極場域〉，這本是長篇小說《寫托邦與消失咒》的片段，但當時沒有收進，在此收錄，有別其他。是的，詩於我不僅在於詩作，也散落在小說、散文中，甚至它不是一種文類，它在骨子裡。

這裡想交代一下的是第三輯「獨自邁向生命的盡頭」。二〇二三年是我的大凶年，一月底還如常地生活，在長洲從沒踏足的美經援村走了一趟，未料二月形勢逆轉，要做一項超大型手術將潛藏的一個腫瘤切除，接著是一個多月的放射性治療。手術治療後恢復良好，逐漸我回復生活，也恢復了創作。尚未算大病初癒，但重新站立，對未來生活充滿期盼。未料該年八月底，受病毒感染，最初只是耳痛，未知原來是山雨欲來，短短七天之內爆發成一場海嘯，把我人生捲進深淵乃至煉獄。平生遇病也不少，這一趟真是壓倒性，令我讀寫也幾乎癱瘓。我滿腦子的寫作中止，拓展中的小說成了一片荒田。以往任何東西，即使是人生「負面」的，想的話我都能轉化成文字，今回我暗道，只想「渡」，不欲寫（它完全超越語言），但到底還是寫了幾首詩（第三輯裡的〈走向滅亡〉至尾）。

我信詩自由，我信詩無邪。如果詩於我是歲月自流的沉積，未來還會有一本嗎，我不知道，大概，是不太可能了。

二〇二五年五月三日

輯一

樂曲的最後一粒音符

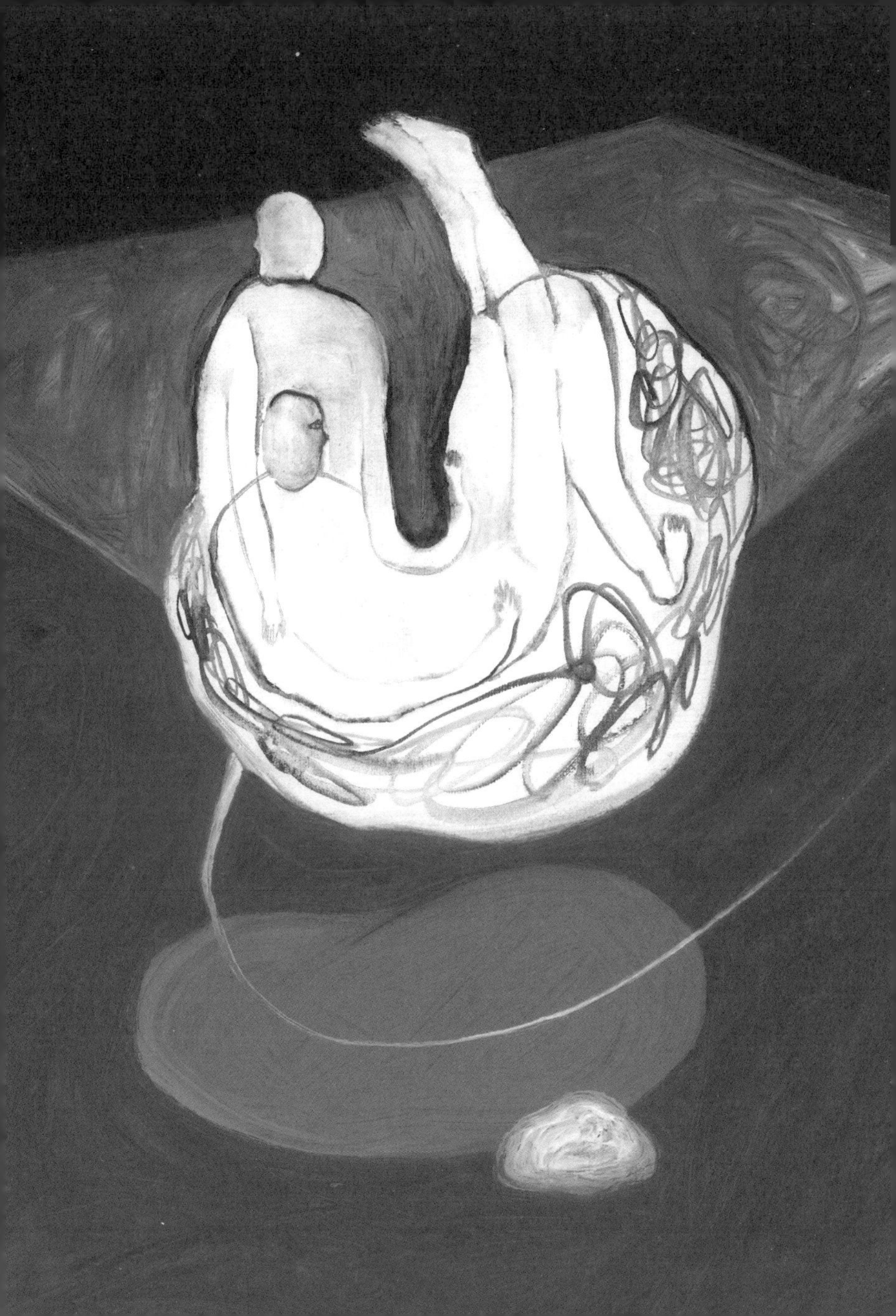

心「漏」症

閉門春盡無人問
年月的隔膜越積越厚，
用塵埃鋪成。

心如一間漏水房子
時常有風在颸
風蕭蕭兮易水寒
是誰在吹奏簫聲，
而不持傘

是誰敲響鐘之喪鳴
又贈人以不死的心跳韻律
重複如步兵又像催眠節拍
不退，不散。

2013.1.6

尚愛紀之後

在尚愛紀之後，
我進入生命的冰河時期。
從此以後，在我身上的，
都只能是
輕薄的感情。

我成了一個無愛的人。
愛情無可再積厚，
反轉過來，它成了虛無。

我仍舊會笑，那掏空了靈魂的笑
我仍舊會喊，那充盈於空氣的喊
成了習慣
在你離開了我之後。

2013.5.17 - 9.16

回頭

(回頭)
回頭你就變作一根鹽柱
(那就變吧，我已經是)

(回頭)
回頭你就失去了你的愛人
(我回頭就是要找回我的愛人)
你永遠也找不著的，她已經死了

(回頭)
所有曾經美好的風景
都成了一片廢墟
你撿拾跌落一地的碎片
你可以將碎片割在自己的手腕上
如果你喜歡
也可以割在自己的心頭上
(我一直做著，謝謝你的忠告)

(回頭)
你要有足夠的心理準備
要有足夠強大的承受力
才不至於在回頭的路上
墮進回憶和遺忘的幽谷
而先行陣亡
(這正是我所求的，你說中了)

2013.9.4

樂曲的最後一粒音符

那時候因為你沒聽完我喜歡的樂曲的最後
一粒音
而戛然離座
我跟你翻臉
那時候真傻 真天真 也即
真年輕
以為一些東西應該維護
應該從第一步到最後一步全經歷完
以維護這世界仍有稀有的東西叫完整
叫藝術
少了一粒音
只要差一粒
就足以毀了整首樂曲
但在維護的當兒
我親手損毀了另一首樂曲
叫愛情

2013.12.10

互搏

我是慕容嫣
我是慕容燕
我想得到你
我想毀滅你
我今天想念你的好
無人能及
我明天想念你的不好
幾乎有恨
結果你完好無缺
我卻分裂成兩半
左手打自己的右手
左右互搏
終至練成絕世武功
難免先經一點自戕

2014.6.24

曾經

所有東西加上了「曾經」
就有點悲哀。

曾經風華絕代。
曾經丰神俊雅。
曾經心心相印。
曾經的黃金歲月我見識過。

我也曾經笑得那麼開懷
那麼稚嫩
在還未曾經受傷之前。

這曾經一直延續到我的現在。

2014.7.9

嚴冬

可否告訴我，何謂嚴冬？
九個繆斯都是由記憶所生的。
嚴冬到來，我要殺掉眾繆斯之母。
思索是最高級的麻醉品，
因此我告訴你：我不需要罌粟。

喧嘩與暴亂之中，有深藏的寧靜。
惶惑之中，始終有所肯定。
愛裏總有恨，正如瘋狂之中
總也有一點理性。
共通的孤獨生出連帶感。
以有限通向永恆，渺小的即為偉大。
我何以說關於以上的東西？
我只能告訴你：有人在夢與醒的邊緣擱淺
儘管夜深，仍無意將內心的音浪收細。

2015.7.30

睡神，你為甚麼離棄我

睡神呀，睡神呀
為甚麼祢這樣憎恨我
祢知道老鼠四天不見祢，就會衰竭而死嗎
我不是老鼠但我比老鼠更虛弱
是祢故意向我轉臉背向
以萎靡酬謝我這無眠者嗎
或者祢根本聽不到我的呼喚
祢壓根兒忘掉了我
祢的消隱自然把夢神也一併帶走
我無夢可做於深夜
是因為這緣故
我才成了睜著眼睛終日做白日夢
喃喃自語的飄忽幽靈嗎

父母疏忽照顧兒童會被控告
我可向誰告發祢
疏於職守
祢不懷好意地說：
一，我不是你的父母

二，不是我的疏忽我怎將那人間實驗帶來世上
我問這人間實驗叫甚麼名字
祢哈哈笑不就是你熟悉得不能再熟悉的——失眠嗎
沒有這人間實驗藥廠又怎提煉出源源不絕的白瓜子粒呢
那為何欽選的是我
不是我哥我姐我弟而是我
自小到現在相信還包括將來的我？
祢說因為你是多出來的零餘者
祢說問題是你自己問得太多問題了
祢說凡事有正反兩面
將眼皮撐到天明也是一種意志的鍛煉
白瓜子粒何嘗不是苦口糖果呢
晚間聽著人世間的鼻鼾聲不也是一種交響樂嗎
做一個漆黑宇宙的聆聽者不也是一種福份嗎
於是我聆聽了風聆聽了心跳聆聽了夜間的耳語
也聽到鐘聲
份外意識生命在滴答滴答中流逝

祢閉著目說（彷彿祢也疲倦了）：
是的，時鐘在夢中也會變形
有一個超現實畫家曾經畫過
但有一個終極時鐘是絕對的

三位一體，睡神與夢神經常為伴外
還有一個通力合作者叫死神
世間的失眠者何其多
但其實沒一個是給睡神徹底遺棄的
因為即使是最受詛咒的無眠者
伴著無可變形的喪鐘聲
終究還是會駛向生命的彼岸叫長眠
當心跳變成一條無休止直線
你無需再摸索身體的開關掣
在這裡我將等著並以虛無加倍補償你

2016.4.27

界線

當年我還年輕
未懂人情
但太早有了自己的世界
於是，自己的世界跟外邊拔河
其實也無相干

踏過一條界線
我就迎向了，落日
我不獨特
這是每個人都會經歷的
雖然，有人曾說
我是不會老的

不老的傳說
不老的謊言
不老的信念
不老的愛情
不老的秘密是——
自己跟自己談戀愛

如是這樣
這種青春
堪摘，還是
堪避？

2016.5.1

四季

冬天，陰功的時候喝一碗冬蔭功
夏季，陽光曬落的時候想一想夏洛蒂
那麼秋天呢
秋天沒有了秋天的童話
枯黃落葉在地上則有一堆
在你腳下，你不忍踩碎
你撿起一片
好迎接，永不到來的春天
何以永不到來？
因為已是過去式
春日女神只現身於城市的樓盤廣告
那分明是假的
怪可憐相
但人人裝作快樂
連四季都可以自製
於是日子又以另一種循環繼續下去

2016.10.5

鬼域沉積

十幾年前人們說油街鬼古
十幾年後人們說油街地王
嘩狂飆呀三萬蚊一呎你話癲唔癲
說的人在飯局中聊起家常
聽的人便飯地附和了一句：「係呀」

小時候母親說鬼魂高九丈、十丈、十一丈
越猛越高體形跟怨氣成正比
現在比起高樓來也只成小矮人（不，矮鬼）
有地盤環迴立體打樁聲
又何需道士的喃嘸唸咒
地產商是這城市的首席鍾馗
大型吊臂是他在空中擎起的劍
「轟隆！轟隆！轟隆！」
朝七晚七疲勞轟炸
日子有功
連最淒厲的魂魄都被震得粉碎
跟無數瓦礫一起沉落
至比十八層還深的地底

一起承托著
一個叫「維港頌」的虛浮的夢

2017.4

竹林，別鳥

不是所有鳥都屬於天空
不是所有鳥都放任翱翔
不是所有鳥都喜歡高揚
如你，生性羞怯，更愛低調
隱在闊葉林之中低空飛行，怕被看見

不是所有鳥都喜歡腐肉
不是所有鳥都喜歡飛魚
如你，棲在竹枝上施展輕功
等待一顆果子從樹上掉下
或者一隻昆蟲從枝上走過，好作饗宴

不是所有鳥都銳利如鷹
不是所有鳥都痴情如雁
但你也不錯呀畢竟有一個雙生伴兒
你身上的棕與眼圈的藍也甚美麗
如果轉換姿勢
還可看到你修長的尾巴和尾下的白色覆羽
聽說你還懂得模仿別鳥聲音

因此細小如你，也可成鷺，成鷗
點綴竹林，也可成為主角

2017.6.20

朵拉／畫

(一)

一個括弧開了你的年份
至——
等待填上另一端的
一個數字：
肯定大不過 2099
壽則多辱
有誰想做一個人瑞
你徘徊於
有時想減少，有時想加大
這個人生終極數字
其實放於恆河來看
不過滄海中之一粟
無關重要，無關宏旨，無限小
想到這裡，卻因此感到一點安慰
「食幾多著幾多，整定的」——小時候阿媽說
未閂括號前（你及你母的）
請回想過去的一點一滴
無限小的
細碎話語

2017.6.9

多久

多久你沒吹破一個氣球？
還記得氣球將破未破時是何感覺？
多久你沒摺出一隻紙飛機
實驗尖頭或鈍頭的不同飛行軌跡與高速下墮？
多久你沒萬花嬉春，秋水伊人
卻視雨水為可厭？
還記得雨聲、浪聲與市聲都是可細聽的嗎？
還記得樹枝伸進巴士車窗中撩撥人心的情景嗎？
還是你壓根兒沒坐過？
多久你沒嚼香口膠，並從中吹出一個波兒？
還記得蔗是可以咬的嗎？
你只依稀記得
一夜之間，「花生酒吧」不見了
留下滿地伴啤酒而剝落的花生殼
都掃進了不成歷史的字紙簍
無人收拾，無人認領

2017.7.19

失望是世界的海洋

每一次愛情的發生
都是一次「剎那的瞥見」
那永恆的光照如何保存
於一個必然腐朽的身軀

或者一早已經知道
我們終難免
以失望回贈對方
不關你事
我們脫離不了
世界
失望是世界的海洋

2017.11

身體成了寫作的終極場域

I. 遊動於情人身體上的手（一首詩，或是謎面）

我在你的身體上遊弋，以為這樣可作一趟靈魂探索。一趟穿越身體的內在旅行。

愛不可用頭腦運作。但愛也不可以沒有頭顱。

先從觸摸你的頭頂開始。一個轉，兩個轉，三個轉。原來你是馬騮仔托世。

一綹頭髮一把鎖。別一根簪，長髮上就開闢出一條 U 形道路，可行，不可退。

劉海並不適合男孩子。額頭上橫着三條火車軌。眉頭深鎖，有甚麼東西輾過。

從眉心掃到眉端，來到一道懸崖邊緣，滑過峭壁頂端，一躍而下。
沒有粉身碎骨，我來到一座廟宇，你的太陽穴。

太陽給我的手遮住了。
我曾經多麼渴望跟你，耳鬢廝磨。結果留下痕跡的是一條眼鏡腿。卸下眼鏡時方能看見。

你熟睡時張開眼睛嗎？還是你久已沒有熟睡了？
閉上眼瞼如罩上蓋子，示意一種限制，或禁止。
眼睛的百葉窗讓我打開。虹膜往後退縮，映出一片淡淡虹彩。彩虹女神也禁不住來栽一朵鳶尾花。
瞳孔是一個可調校的相機光圈，容得下多少個弟子，或者桃子。有我存在嗎？瞳孔放至最大，瞑目是終極的隱藏。

你的鼻子未及埃及妖后。在上面攀爬可也像上一條小斜坡，平順而沒有曲折的。
移動的手指跟隨移動的手。停降在你誘惑的嘴唇邊。
這樣的一道嘴巴裂口，曾發出多少尖叫讓我聽見。震耳欲聾，至大又至無音。
也曾吐露芬芳，在吻我的時候。
就是別在聽故事的時候打呵欠，或者打斷，你不該是一個乏味的人。

阿當的蘋果在喉頭長出時，想你也曾驚訝或徬徨。一旦結出，這可是無法摘取的果實，終身攜帶的不安。

頸是臉與軀幹的一道橋樑。適中，並無過長或過短。
胸膛是身體的五斗櫃，預留了一個作箭筒，裝着你的恐懼與震顫。
胸膛也是一個音箱，骨頭的敲鼓聲與心臟的卜卜聲共鳴和奏。

嘔吐是身體的翻箱倒櫃，也企圖把靈魂舉起，提起，喘息。
被憂苦之母的手指碰觸過的孩子。無光華但有土星的光環。

可以令你興奮的地方只有胳肢窩嗎？要靠搔癢來發笑，又未免太過悲哀。

憂鬱藏身何處？在盛滿黑膽汁的脾臟嗎？那善於一時衝動與怪想的器官。還是在你背部的駝峰小圓丘上？如果是後者，駱駝理應是世上最憂鬱的動物。但不。

來到你的肩胛骨。突出如翅膀的殘餘。
然而拍翼未能揚，振翅未能飛。只換來不規則的心臟跳動，以證脈搏奔流。
你以為你是一隻鷹。但你原來是一隻雞。

於是你只能大笑，狂笑。
身體抽搐，痙攣，驚厥，翻起了一場局部大地震。

我柔軟的手包着你顫抖的手。
身無羽毛不妨礙你拿一支羽毛筆。但切記，假扮優雅可是一種罪名。

如果要刺穿表層，一個方法是磨利指甲在你皮膚上滑過。
神經血管鋪成一條條小支脈。一條血管就是一根占卜杖，我理解、懂得、明白，但未可領悟。

移動的手指追隨移動的手。按在肚皮上，呼氣，吸氣，人生的起伏不過如此。
你從沒想過要鍛鍊腹肌，只想以腹語術煉成腹稿。

腹有詩書就是你的腹中骨肉嗎？

再落便是你的胯部，在這敏感的叉架上，一棵樹長出許多枝枒來。大樹枯萎也是一種意志，憔悴盡頭，一天它會變成一棵梣木。

每一副軀幹都是一個未完成的作品。如果把你肢解，或者，你會變成一個沒有頭和手的裸體雕像。將鬱積的情緒裝進一個藥水瓶，一天，它會變成一個首飾盒，裝着你的遺骸叫燼餘，塵歸塵土歸土，骨灰盒便是人的棺材。

II. 還是，泅渡於詞語歧義的海洋？（註釋版，或是謎底）

我在你的身體上遊弋，以為這樣可作一趟靈魂探索。一趟穿越身體的內在旅行。

愛不可用頭腦運作。但愛也不可以沒有頭顱。

先從觸摸你的頭頂開始。一個轉，兩個轉，三個轉。原來你是馬騮仔托世。

一綹頭髮一把鎖。[1] 別一根簪，長髮上就開闢出一條 U 形道路，可行，不可退。[2]

劉海並不適合男孩子。額頭上橫着三條火車軌。眉頭深鎖，有甚麼東西輾過。

從眉心掃到眉端，來到一道懸崖邊緣，滑過峭壁頂端，一躍而下。[3]
沒有粉身碎骨，我來到一座廟宇，你的太陽穴。太陽給我的手遮住了。[4]
我曾經多麼渴望跟你，耳鬢廝磨。結果留下痕跡的是一條眼鏡腿。卸下眼鏡時方能看見。[5]

你熟睡時張開眼睛嗎？還是你久已沒有熟睡了？閉上眼瞼如罩上蓋子，示意一種限制，或禁止。[6]眼睛的百葉窗讓我打開。虹膜往後退縮，映出一片淡淡虹彩。彩虹女神也禁不住來栽一朵鳶尾花。[7]
瞳孔是一個可調校的相機光圈，容得下多少個弟子，或者桃子。有我存在嗎？瞳孔放至最大，瞑目是終極的隱藏。[8]

---

1. Lock，既解鎖，也可解作一綹或一縷頭髮。
2. Hairpin，簪、髮夾，也可解作「U 形字的」（形容詞），如 Hairpin bend 即 U 字形轉彎的路。
3. Brow，可解作眉毛、額頭，也可解作懸崖邊緣，峭壁頂端。
4. Temple，可解作廟宇、神殿，也可解作太陽穴、鬢角。
5. Temple，除上述意思外，也可解作眼鏡腳、眼鏡腿。
6. Lid，蓋子，也解作眼瞼，或限制、禁止。
7. Iris，圍繞瞳孔那環虹膜，也指稱鳶尾屬植物。另 Iris 也是希臘神話中的彩虹女神。
8. Pupil，瞳孔，也解作學生、弟子，及桃子。

你的鼻子未及埃及妖后。在上面攀爬可也像上一條小斜波，平順而沒有曲折的。
移動的手指跟隨移動的手。停降在你誘惑的嘴唇邊。
這樣的一道嘴巴裂口，曾發出多少尖叫讓我聽見。震耳欲聾，至大又至無音。
也曾吐露芬芳，在吻我的時候。
就是別在聽故事的時候打呵欠，或者打斷，你不該是一個乏味的人。[9]

阿當的蘋果在喉頭長出時，想你也曾驚訝或徬徨。一旦結出，這可是無法摘取的果實，終身攜帶的不安。[10]

頸是臉與軀幹的一道橋樑。適中，並無過長或過短。
胸膛是身體的五斗櫃，預留了一個作箭筒，裝着你的恐懼與震顫。[11]
胸膛也是一個音箱，骨頭的敲鼓聲與心臟的卜卜聲共鳴和奏。

嘔吐是身體的翻箱倒櫃，也企圖把靈魂舉起，提起，喘息。[12]

被憂苦之母的手指碰觸過的孩子。無光華但有土星的光環。

可以令你興奮的地方只有胳肢窩嗎?要靠搔癢來發笑,又未免太過悲哀。[13]

憂鬱藏身何處?在盛滿黑膽汁的脾臟嗎?那善於一時衝動與怪想的器官。[14] 還是在你背部的駝峰小圓丘上?如果是後者,駱駝理應是世上最憂鬱的動物。但不。[15]

---

9. Yawn,作動詞用可解作打呵欠、裂開,作名詞用相應為呵欠、裂口;另也可解作乏味的人或事。
10. Adam's Apple,源自聖經阿當偷吃禁果的故事,英文借此指稱男子的喉核。
11. Chest,解作胸膛,也可解作箱子、櫃子,如五斗櫃。Quiver 解顫抖,也可解作箭袋、箭筒。
12. Heave,用力舉起,拉起,提起,也可解作嘔吐,或嘆息、喘息。
13. Titillation,解胳肢,也解高興、快感。
14. Spleen,脾臟,也解作憤懣、怨氣、沮喪、憂鬱(中文也有「發脾氣」之說);波特萊爾的著名散文詩集《巴黎的憂鬱》,法文名字便叫 *Le Spleen de Paris*。
15. Hump,駝峰、駝背、小圓丘,英文口語中也解憂鬱、沮喪。

來到你的肩胛骨。突出如翅膀的殘餘。
然而拍翼未能揚，振翅未能飛。只換來不規則的心臟跳動，以證脈搏奔流。[16]
你以為你是一隻鷹。但你原來是一隻雞。

於是你只能大笑，狂笑。
身體抽搐，痙攣，驚厥，翻起了一場局部大地震。[17]

我柔軟的手包着你顫抖的手。
身無羽毛不妨礙你拿一支羽毛筆。但切記，假扮優雅可是一種罪名。

如果要刺穿表層，一個方法是磨利指甲在你皮膚上滑過。
神經血管鋪成一條條小支脈。一條血管就是一根占卜杖，我理解、懂得、明白，但未可領悟。[18]

移動的手指追隨移動的手。按在肚皮上，呼氣，吸氣，人生的起伏不過如此。
你從沒想過要鍛鍊腹肌，只想以腹語術煉成腹稿。腹有詩書就是你的腹中骨肉嗎？

再落便是你的胯部，在這敏感的叉架上，一棵樹長出許多枝椏來。大樹枯萎也是一種意志，憔悴盡頭，一天它會變成一棵梣木。[19]

每一副軀幹都是一個未完成的作品。如果把你肢解，或者，你會變成一個沒有頭和手的裸體雕像。將鬱積的情緒裝進一個藥水瓶[20]，一天，它會變成一個首飾盒，裝着你的遺骸叫燼餘，塵歸塵土歸土，骨灰盒便是人的棺材。[21]

2015

---

16. Flutter，振翅、拍翼，也可指脈搏、心臟的不規則跳動，怦怦亂跳。
17. Convulsion，抽搐、驚厥，也可解大笑、狂笑，也可指動亂、騷動，地震等災難。
18. Twig，細枝、嫩枝，也可解神經、血管等的小支脈，也可解占卜杖；用作動詞則解作理解、明白、領悟、懂得。
19. Crotch，胯部，褲襠，也解作叉架、叉柱、樹的枝椏。
20. Vial，小瓶，小玻璃瓶，藥水瓶，也可解作鬱積的情緒（如憤怒等）。
21. Casket，小箱，精緻小盒，可解作首飾盒，也可解作骨灰盒，以至棺材。

輯二

一個人就是一座伊甸園

一個人就是一座伊甸園

一個人就是一座伊甸園
我曾經在裡頭，流連忘返，忘記時光
並沒料到，一不留神，被驅逐出境
回路切斷，無可折返。

一個人就是一座伊甸園
這樣的樂園，這樣的人
在我生命中，不止一個
然而你是「最」的。

伊甸，豐美之意。
在你離去後，這字已經失去了它的意思。
(又或者正好相反，
因為你離去，這字的意思才開始彰顯。)

黑夜，我的新衣

直至黑夜把我席捲
天幕下垂覆蓋我如一張裹屍被
我睜着眼睛但動彈不得
這刻我明白什麼叫差一口氣

差一口氣我就成仁
差一口氣我就成佛
差一口氣我就成灰
差一口氣我就可以斷氣

是誰按動我的脈搏叫靈魂不息
不惜就此便宜了生命
這樣撒把黃土便放手實在太容易了

不，讓黑夜漫漫每日歸來無盡頭
我的心臟足以停歇許多次（如它曾承受許多波濤）
裹屍被也非完全密封無縫隙
只要我願意何妨任它織進皮膚
這樣我又有了一件華美黑暗的新衣裳

2014.10.22

femme fatale

若繆斯必須以愛的突襲和忐忑來眷顧我
我是無可力抗而必舉手稱降的
多年來我以為已經將自己成功變成一個絕緣體
一不留神還是不知不覺
竟給一個小妮子闖了進來
我已經看見你的離去
留下了封閉體上的一道缺堤

——你怎知道自己墮入愛河？
——當你變得自毀時便知道了。

自己應了自己的魔咒
你不是喜歡具殺傷力的女神嗎？
你只是最初想不到
外表不獅子是最獅子的
外表平靜的法國女子內裡捲着一道旋風
字正腔圓地喊出：femme fatale
因你而給自己呼喚的名字

甘心吧，遊忽
你終於有了自己的莎樂美和凱塞琳 *

2014.11.3

* 編按：電影《祖與占》裡 Catherine 一角（珍摩露飾演）。

想，不想（和秦觀〈鵲橋仙〉）

如果我是金風
我多願你是玉露
一相逢便勝卻人間無數
但我不想
忍顧鵲橋歸路

相見時難別亦難
春風無力百花殘
我不想你看見我的殘相
我不想你看見我的皺紋
但我也不想你不看
錯過了我的佝僂我的落花時節

我不想看見你轉身的背影
我不忍看見你太美的笑顏
我不想你的稚臉添上風霜
但如風霜必須降下
我多想輕抹你的額角和臉頰
掃落一點你淡淡的哀愁

我有一腔的柔情似水可以浸滿一個湖泊
兩情若是久長時又豈在朝朝暮暮
騙人的
我不貪生但貪戀
我不想只有朝暮
我要朝暮的生生不息無限歸來

我想
我不想
想不想之間着了魔
是為末期愛戀者的最後一次瘋狂

2014.11.6

以通感作憑證

從此我不抽煙
我不想你想起我時只想起煙味
忘記了我的氣味
你說我有獨特的氣味
像瑪德林餅般要來便來即時可喚起記憶
可作憑證
但若然它飄散呢？

若然它飄散
請記起我的聲音
說話時、唸詩時和唱歌時有分別嗎？
你說都一樣好聽

若然聲音沙啞
請記起我的觸感
手跟手牽纏或舌頭在嘴巴內捲動
我曾問你一個長吻可以有多長
你給了我一個絕妙的答案叫無限

若然我的手起了繭起了皺紋
若然我遠去若然我不在
請召喚我的文字
我一筆一筆寫下如血水也寫着你呀我的心血

若然我的文字都變成灰燼
就請單單呼喚我的名字

2014.11.15

失修

日子失修
我緊貼著日子
樓宇失修
我待在樓宇中
情愛失修
我想我開始要善待一下自己

（善待的意思是甚麼？我還在想
總會有答案的）

城市失修
一是棄守
一是跟它共埋葬

愛上你如愛上一個隱形的人
怪不得周圍空寂得只有影子

（是的，我想到答案了：
善待就是寫下
這首絕望的詩）

2018.3.28

好風景

你告訴我那邊天氣很好
我想告訴你
我這邊的百葉窗還未拉起
動作遲緩得
如同一個精神康復者
起床的動作用了兩小時
提起咖啡杯的動作用了廿分鐘
摺衫包括你我的用了一句鐘

但我最終沒告訴你
因不想煞你的風景
你的藍天不是我的「藍」天
但你看到春光明媚我還是會替你歡喜
於是我終於也把我的威尼斯蒙蔽 * 拉起
幸好天還未黑
剛好看得及日落，給餘暉浸滿

2018.3.28

---

* Venetian Blind，百葉窗之意

天色灰沉沉

天色灰沉沉
可惜你的存在沒有令我快樂一點
天空開始壓下來
可惜你的雙臂未能舉起天空
地獄震動 熔岩噴發 在你自己的心
再見了 我的友人（沒有幾個）
告別了 我的夙敵（也沒有很多）
揮揮手我對著愛人如對著空氣道別
一秒鐘意識切斷
如此毀滅之巨大
連上帝也莫能

2018.6

由信到訊

在我初識你的時候
你是一個有信的女孩
我們以雪花飛片的信開始
我們都不喜歡滑手機的訊
沒想到，及至後來
你也加入了時代的行列
我應怎解釋這變化呢
變化的力量大於個人
不是你把我推走，而是
時代把你拉遠了
只有固執的我固守原地
也不。為了親近你
我也進入有訊而無信的時代
企圖在你世界
撒落一點碎落的話語

2019.2.8

由近至逝

從情信到短訊
從 let's go 到 let go
從無雙到無傷
幾年的光景
卻是幾億光年的距離

只要有一隻「手」在我們之間出現
接「近」就變成了「逝」

2019.2.11

當康復之路駛向遺忘

當康復之路駛向遺忘
我應該加速，還是儘量延遲
當復元等於沒了感覺
我應該放棄你，還是放棄自己
當柔弱是另一種堅強
我應該求生，還是求死。

2019.2.23

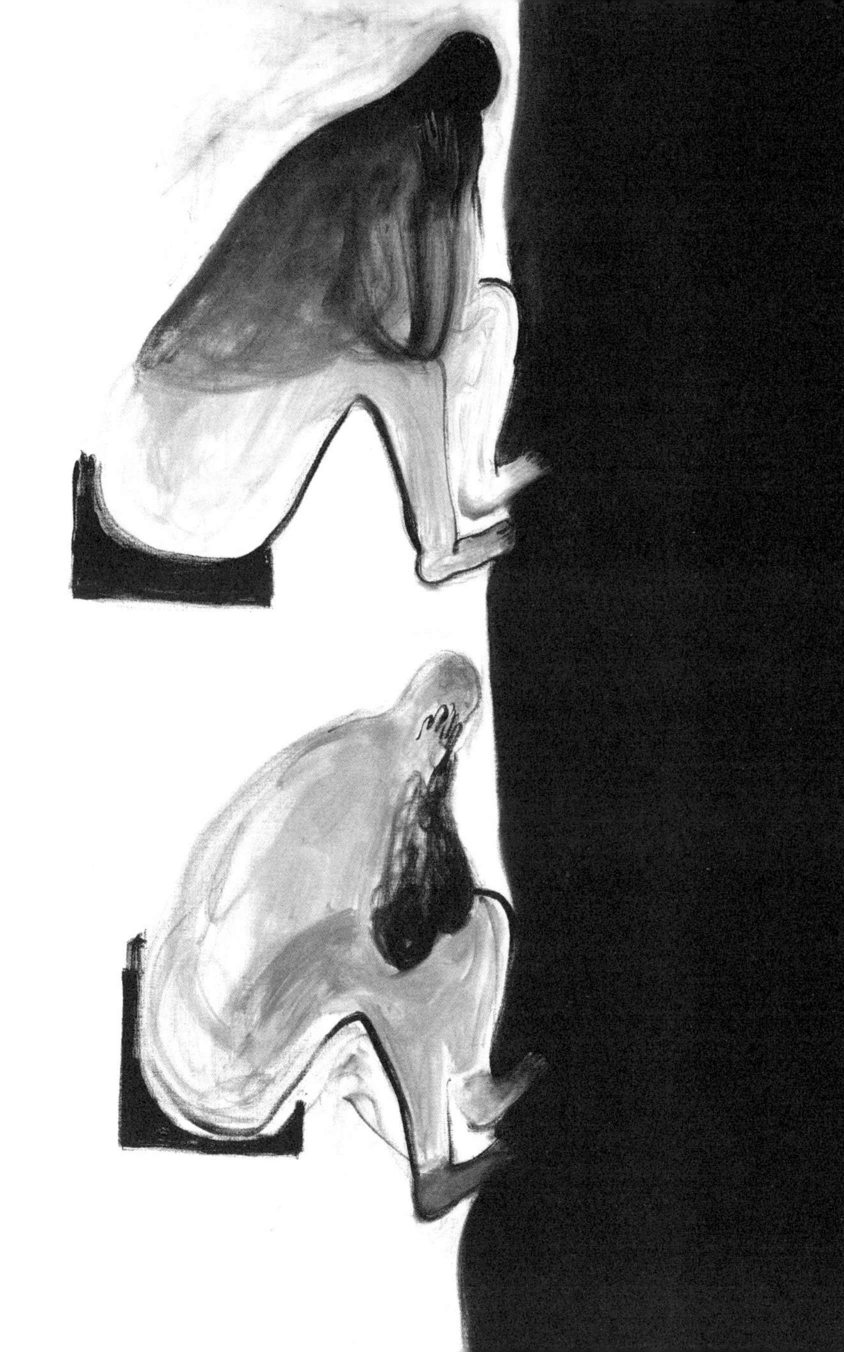

取代

攝影取代了觀看。
觀景窗取代了眼睛。
到此一遊取代了經歷。
影子取代了肉身。

菲傭取代了母親。
母親取代了父親。
父親取代了兒子。

一不留神
你以另一個人取代了我。

只有你是無可取代的。

脫離

樹葉脫離樹身叫落葉，頭髮脫離頭殼叫落髮。
你脫離了我叫甚麼呢？我脫離了你叫甚麼呢？
牙齒離開牙床叫脫牙。指甲剝離指頭叫斷甲。
你脫離了我叫重生，我脫離了你叫枯竭。
你脫離了我叫釋放，我脫離了你叫重創。

粉末

由抽心的痛到潛伏的痛
由張狂的傷到隱默的傷
世間最大的謊言是：
念念不忘，必有迴響
你們實則已分道揚鑣
各自在各自的世界

所有的離開都在身後
從此與幽靈共存，一室暗晦
你也許可以走
但你沒法帶走
你在我心裡留下的影子與塵埃

葡萄壓碎，成為葡萄酒
我被壓碎，成了一堆粉末

2019

寫完便可放下

趁我對你的愛未完全退潮
趁我對你的恨未完全升溫
趁我對你的忘未完全籠罩
趁我對生命的怨未完全佔據心靈
讓我一筆一筆寫下
你與我的故事
從邂逅到結束
寫完了我便可放下
你將不是我的任何人
任何人

於是有人一邊寫著
一邊有一個影子在撕書頁
企圖不讓書寫完
或者，它根本就是一本
無法完成也無法終結的書

2019.3.4

幽靈是甚麼

幽靈是甚麼呢？如果不是亡魂
（鬼、離世的親人、報夢、附身於飛蛾）
如果不是亡魂，幽靈是甚麼呢？——
所有殘缺不全之物，不見了的部分。
有形與無形之間。在場與缺席之間。
不見了，但你感到它常在，
於結界，以另一狀態。
如蹤跡、碎片、剩餘物，總無法徹底消除的。
如記憶的殘缺碎片。今天又反撲了多少回，
擊中你的心，擊中你的腦，再裂成更碎的玻璃。
被壓抑的總會回歸。
「人病則憂懼，憂懼見鬼出。」
「畏懼則存想，存想則目虛見。」
（俗語說：撞鬼、時運低）
也可能是你根本在放縱自己。
主動召喚，以文字作通靈者。像我在寫這首詩。
在我寫這首詩時，消失的你又回來了很多趟。
世上有一種痛叫「幽靈痛」——
臂已斷了，傷口早封埋了，卻感到它仍在，不斷淌血。

有缺席有殘缺就有詩，代價匪淺，或無所謂代價。
原來所謂幽靈，就是詩。

2019.4.4

調低一度，平靜一點

當我說我想起你，其實我是想著你。
當我說我想著你，其實我是掛念你。
當我說我掛念你，其實我是思念你。
當我說我思念你，其實我是思念你，瘋狂地。
說話甚麼都調低一度。讓生命表面看似平靜一點。
但如今我寫出來了，你猜我沒寫出來的還有多少？
你猜不到的。無法估量是猜不到的。
所以有天，如果我告訴你
你傷了我一點
你刺痛了我一下
你推倒了我在地
你要明白，那程度是甚麼
當然，所謂痛楚
不哼一句就更好

2020.3.26

不要點燃

不要點燃
不要重燃那殘餘的灰燼
你知我徒手燒得多傷
才把烈焰撲熄成將殘的灰燼
差一丁點便成功幻滅
既然死灰不會重燃
我也走過了由殘存希望至接近了悟
如露如電如夢幻泡影的黑暗隧道
請勿撩撥，當作友誼
你應該明白，極愛若非全，
便是無
不要重劃一根火柴
既然你已經無法
親身為我點一根煙

2021.6.27.

輯三

獨自邁向生命的盡頭

既然

既然無法給與允諾
又何必要我親手埋葬
既然知道有天終必道別
又何必要我投注更多感情
既然你一早已預言離開
又何必要停駐在我的心田
難道要我，他朝你揚長而去後
獨個抱著你的影子渡過暮年？

我的心不是一個公寓
是一個荒原
只是無故
荒原長出了仙人掌
其實我更願意它是一枝玫瑰
但有分別嗎，如果都是有刺

一切都是暫借的
暫借的快樂你又為何要我清空

今天的堅實是他朝的泡影
甜蜜短暫，而憂愁漫長

但為何，在種種預知之下
我仍伴你放任，同行上路
多一時得一時
飲得一杯且一杯，我的醉生夢死
(將來)被懸空（放進括弧）
一切只有現在進行式
不得不存在主義式的愛戀
也是一種新的體驗於我
（也許本然亦如是，無關乎你
我是一個被褫奪了「未來」的人）

只是如何沉迷
也有一剎清醒的時刻
像我寫下這首
遙寄給你的
第一首詩

2020.7.14

如果

如果你是渡鴉
讓我做一隻渡渡鳥
如果你是古箏
讓我做一隻風箏
語無倫次
無聊話有時跟情話很相似

如果你是日出
讓我可以仰首
如果你是日落
讓我可以低眉
（夠未呀！你說）

如果你是牆身
讓我做一隻牆腳
如果你是燈柱
讓我做一隻燈罩
（可以有點變奏嗎？）

如果你沒入黑夜
我便不需要影子
如果你無人聆聽
我亦不需要耳朵

如果這樣下去
沒完沒了
如果你是沙漠
讓我在你之上演一場海市蜃樓

2020.7.14

當旭日遇上夕陽

當旭日遇上夕陽
偶爾，它們擦身而過
未料，它們走在一起
兩相調和，還是兩相衝撞
其實旭日也有黯淡
夕陽也有微光
事物不能以表面看
但生命到底有它必然的步伐
可以延緩，但無可力抗
除了在寫作中，偶爾以文字作飛氈
往返時光
除了在愛的感覺中，時光一下子都
變得無相干了
但或者，它只是退隱於一時
又或者，它也暗中在孕育、成全
你可以雕刻生命
但你無法雕刻時光
照鏡時，一張臉對著一張臉
一張少年，一張老了

2020.10.21

心如何歸靜

心如何歸靜，心如何歸零？
言何得救，言何沉淪。
言何創傷，言何康復。
寫作言何純粹，如果被噪音重重包圍。
學會「不在乎」與掩耳盜鈴之間如何分辨？
駝鳥終歸要探出頭來，修士也有心煩時。
心如何歸靜，心如何歸零？
點了六根煙，仍有微微不安——
我欲驅除，又或是我始終所需。

2021.6.27

半個月的雨

——我身軀在不住顫抖
——我可以怎接住你？

你沒有接住我
你離開我
在大雨滂沱的晚上
(不為營造氣氛，是確乎如是)

天空下了半個月的雨
為迎接一場叫甚麼的廿五周年紀念
造成憂鬱的原因總不止一個

或者無關乎原因而在於基因
有人說生命如花總朝向太陽
我用太陽傘遮擋一場最大的雨

2022.6.14

走下去吧

走下去吧，有一天就一天。
走下去就成同路人。
走下去就成陌路人。
我沒想很遠的將來。
我的餘生不會太長，
你的仍會繼續。
這是無法消解的難題。
也可不成難題——
你輕輕一個轉身，掉頭，走了。

2022.10.17

很抱歉，這是愛詩

很抱歉，這是愛詩
對誰抱歉？
對她？對她？對他？
對牠？對它？對自己？
對城市？對時代？
通通不然，通通皆是。

唯一肯定，不是對你。

2022.11.27

名字的雙生與錯摸

愛秩序不真是愛秩序而是因為一個軍官
快富街沒有快富而是因為軍笛
山市街不因近山近市而是一位上校
上校曾經在城之西端擁有一間造船廠
在百多年前，此時這地方仍叫西灣或者垃圾灣
仍未以一個港督的名字命名

糖街與糖廠街並非兄弟
書館街與書局街也許臭味相投但並不近似
名字的雙生兒
在這城有不少
有些錯摸有些讓路有些近似有些甚至相同
荷李活道我還是叮囑大家不要錯寫成荷里活道
堅尼地城與堅尼地道一貧一富如今卻拉近了許多距離
九龍的彌敦道原叫羅便臣道
港島東區的柏架山原稱筆架山
(這回港島讓給九龍半島一次)
吉席街與遮打街指的是同一人你又可知道？

茶餐廳拆去換了譚仔但不是三哥
紅磡冰室早就不在紅磡
元朗合興隆新近進佔鰂魚涌佑民街
九龍城寨早沒了但在街邊有城寨墨魚
曾經貨真價實的魚蛋豬紅工場這還多少可理解
灣仔碼頭何以成為水餃的生招牌
通俗一點你可說無厘頭
學術一點你可說完全示範了符號之任意

2022.12.13

與石頭對話

我如何才能擊碎那塊石頭
纏在你心頭那一塊頑石
讓它的陰影再少一點，再微一點
也許我們才是時候
也許這時候永遠不會到來
那，或許，或許，如果事情真要這樣
我自身也只能封存為一塊頑石
我很努力了，我沒辦法
我們，就摸著石頭過河吧。

你幾時才肯步出你的黑暗岩洞？
我沒打算走出來，或者這是我的選擇，
或者是我無能為力。
你一直走在路上，但你卻一直停駐。
世界在前進，如果你要停在一點，其實你要不斷以同等速度逆向地跑，如跑在一條不斷向前的輸送帶上。這也是不容易，甚至可說是一門秘技。

石頭也會

石頭也會沉
石頭也會遊
石頭也會分裂
石頭當然會風化
石頭可以成蟹的幽靈空間
石頭也可成為人的藏身之所
人類最早是穴居的
蟹也是
但蟹比人類遠古不知多少年
誰知後來落入人類之手
甚至被縛手縛腳
落入人的口

2022.7.25

石牆

在這城，沒有一座石牆酒吧。
但這個城市，石牆也可長出花朵來。
會被裁去嗎？
裁去花再生長，直至除去所有石牆。

記住那城的故事就好了
我的故事不重要
我不這樣看，我沒有這樣分開來
一切故事都會煙消雲散的
沒有真正的東西是重要的

苦杯

我們總是缺乏詞彙，述說傷痛
要述說嗎？如果傷痛只需承受
述說也是承受的一種
視乎對誰，搞不好變成吐苦水
苦水不吐，淚水有時也要讓它流一點
我無苦水可吐，也無淚水可流，
我飲下苦杯，默然。

2023.1.23

走向滅亡

走向滅亡
終究是絕然孤獨之事
這個我一早知道
如今親身領受
如果不那麼痛苦就好一些
謝絕來訪是生命本然
但心軟的我給你製造了幻象
你說陪伴至我渡過
其實酷刑如斯又言何陪伴
所謂陪伴
極其量不過是
隔窗探望一個無期徒刑的苦役犯
拿著「對講機」他發出一兩句痛苦的低吟
偶爾還加點解說
不為傾訴，只為向你表達善意
於是你以為又明白多一點
並非完全不相信說話
只是痛苦本質無以言
巨大如斯更言何溝通

但仁慈的他還是不好說穿
頂著衰亡虛弱的身軀短暫出現你眼前
為你想見
一個其實已不適宜探望的人
只有少數明白者
知道，在慰問與回應之間
互相傳達著絕緣之音
是時候了
沒入黑夜
黑夜無影，無伴
一片枯葉無聲落下

2024.8.4

Neck Stiffness

硬頸地頂著「硬頸」的滋味
虛無地想著生存還有何意義
我知生命只是一場經歷
或遲或早，終有歸期
何以仍有所留戀
多經歷也不過多經歷著苦難
抬頭看天不為抬起頭來
挺胸做人不過胸膛已被割穿
想多看一點日色
黃昏驟至其實日落日出都相似
一隻烏鴉飛過
自由的鳥變成驚弓之鳥

2024.12.17

獨自邁向生命的盡頭

直至最後，才知
文字是這麼奢侈的東西
抒情也是
但到死還是會唱歌
又反證
抒情之必要

如此寂靜漫長的肉身之痛
無可言表
所以一切寫下的東西
都不是它原來所是
寫下不過是生命尚有氣息
如果通達至你
不過給你拋一團光束
老早注定是虛幻的。

2024.12.17

生而為人

生而為人
我不抱歉
因為不是我選擇的。

生而為男
我感錯置
然而也得力於曖昧。

身為作家
有被選擇
也有我主觀的意志。

身為病人
我感抱歉
因為其中
有我的疏忽和輕信。

輕信誰呢？
輕信醫生

我曾經跟你說：
「以前我不算乖學生，
現在為了身體，
我乖乖聽醫生話。」
及後知道，或領受
這話的反諷，太遲了。
而醫生不止一個。
他們最不懂得抱歉。

2025.1.14

Time

Time will heal, time will also steal.
Time will tell, time will also deceive.
Time will soothe, time will also torment.
Only through time you will know – if you ever know.
Just that most of us are at best Epimetheus,
We can only know in hindsight, which means
For many mistakes, we can learn but we cannot undo.
Life has only one chance, you can't travel back in time
To remedy. Life is not science fiction, though we live in
An era of science fiction.

you once were so near to me, so dear
until you tear my heart into pieces
dear becomes fear.

I hope it's just a nightmare
But what's nightmare is real rather than surreal.

2025.5.4

以為

以為湄公河等著我
以為沙瀝還是會去的
以為夕陽之後會有太陽
以為痊癒即使不徹底
也不會如斯折磨

早知生命或遲或早會衰微
只是沒料到，如此
忽喇喇似大廈傾
一不小心踢倒一塊骨牌
頃刻像全盤塌下

以為咖啡店面窗高枱仍在等著我（們）
以為戲院如何冷清仍是我的俗世教堂
以為去不到澳門應該也可去一趟離島
以為常餐很「常」跑一百米應該很易

以為可優雅地老去
不料竟不能優雅地動面上的肌肉

抬眉不能額頭的火車軌由正中央
移向左邊改弦易轍一如生命突然
改了軌跡航道直衝下懸崖幾千米

以為以為以為以為
你不知所有「以為」都只是你對生命的假設嗎？
假設生命即使無常也只會緩緩遞變
小時候你不就聽過：
「天有不測之風雲，人有霎時之禍福」
霎時之禍臨到你，事前不須向你告示
至於你能否死裡逃生重新站立，
你以為呢？你以為呢？

2025.5.10

怎會是

怎會是約拿單呢
約拿單落入鯨魚之口
三天後被吐出身體絲毫無損

怎會是但以理呢
但以理被掉入獅子坑
神派天使封住獅子口
翌日身體也是絲毫無損

謝謝你以聖經故事給我祝願
但從一開始毒蛇就把我顱神經
偷偷點燃火速引爆再活活吞齧
而醫生開的藥未能是亞倫的仗

又怎會是患了血漏十二年的女子
憑信心摸一下耶穌衣裳即能痊癒
我日摸夜摸摸透了不過摸著空氣

你又給我說到約伯
我小時候就聽過也抱疑的故事
抱疑的不是世間還有沒有完全正直人
也不是神怎麼聽了控告者撒旦誣告
就主動提出試煉無辜者
而是，人們都說故事的結局
苦難後約伯獲神加倍賞賜
最後也有七個兒子三個女兒
女兒並且美麗絕倫
但那原來死去的呢？不都是一個個生命
真的可以新抵舊如一堆數字？

聖經故事來了又回
我繼續聆聽
繼續祈禱
繼續找尋神的衣角。

2025.5.15

歸靜

小時候養過一隻小狗
小狗知道時間到了
自己找洞子匿埋
那洞子就在沙發底
到找到時，牠靜靜地蜷縮
沒氣了。喪鐘無聲，
狗兒準確聽見。

孟子說，人異於禽獸者幾希
這話從此可這樣理解——
到生命盡頭
狗兒靜默，而人喧嘩
一生之福甚至包括多少人送終
相命先生甚至可跟你算算

我告訴你
當這樣一天到來
狗兒是我的榜樣
說是榜樣當然要學習

到底獨個兒歸靜
還是需要一點勇氣
這對小狗卻是本能
此也是另一「異」也

時間近了嗎？時間到了嗎？
一切再非思辯
只是天大地大
要找一個洞鑽也不容易
能夠做到不哀鳴
就算是不簡單了

2025.5.23

詩集

時間跨不過洞見

界限書店 ▌ BOUNDARY BOOKSTORE

作者 —— 潘國靈
責任編輯 —— 葉秋弦
設計及插畫 —— 倪鷺露
校對 —— 劉梓煬
出版 —— 界限書店
香港發行 —— 泛華發行代理有限公司
電話 —— 852 2798 2273
台灣發行 —— 紅螞蟻圖書有限公司
電話 —— 886 227953656

版次 —— 2025 年 7 月（初版）
國際書號 —— 978-988-70300-9-6
建議售價 —— 港幣 128 元
台幣 480 元